AF502674

PROLOGUE.

EURIPIDE, *aux Spectateurs.*

M O I , l'ombre d'Euripide au ſtyle magnifique,
Immortel ornement de la Scene tragique,
Je ſors du noir ſéjour de l'enfumé Pluton,
Où coule le Léthé, le Styx, le Phlégeton,

   Comme aujourd'hui l'on joue une Piéce nouvelle,
Je veux vous témoigner quel eſt pour vous mon zéle,
Et je viens tout exprès paroître devant vous
Pour vous apprendre un fait que vous ignorez tous.

   Sachez qu'il eſt là-bas une cruelle gêne
Que l'on fait éprouver à qui trouble la Scene ;
Auteurs malicieux, incommodes Cracheurs,
Caballeurs, Criailleurs, Sifleurs & Tapageurs,
Tous ſont plongés au fond d'une cuve bouillante,
Tiſiphone en fureur ſans ceſſe les tourmente,
Et ſans ceſſe leur crie, ah ! ah, Perturbateurs !
Siflez tout votre ſoû, ſiflez, ſiflez, Meſſieurs.

   Profitez, Spectateurs, d'un avis charitable.
On va repréſenter un Ouvrage admirable,

A iij

PROLOGUE.

Qui surpaſſant tous ceux de Sophocle & les miens,
Peut enrichir lui ſeul tous les Comédiens.

Ecoutez le récit d'une flamme pulique,
Le tour harmonieux d'un vers plus qu'énergique,
Les nobles ſentimens & les vives ardeurs
Qui ſçavent émouvoir, ravir les plus grands cœurs.
Voyez comme on y peint la Vertu, douce, aimable,
Et le Vice, à ſon tour, affreux & haïſſable.
C'eſt ainſi que tout homme, employant ſon loiſir,
Doit ſçavoir allier la Sageſſe au Plaiſir.
La Scene, aux yeux du Sage ouvre ſans ceſſe un Livre ;
Voir & ſentir c'eſt être, & réfléchir c'eſt vivre.
Enrichiſſez votre ame avec ce grand tréſor.
Ramenez, s'il ſe peut, les jours de l'Age d'Or :
Surtout pour éviter toutes ſortes de blâmes,
Ne criez point, Meſſieurs, haut les bras, place aux
    Dames.
Tous ces vils cris ne font que troubler les Acteurs.
Si vous vous comportez en ſages Spectateurs,
Vous aurez ſur la fin, pour ſurcroît d'abondance,
Vaudeville, Duo, Tambourin, Contredanſe.

EPITRE DEDICATOIRE,

A M ***.

O Vous, qui pétillant d'une héroïque au-
    dace,
Sur Pégase volez au sommet du Parnasse,
Oserai-je en tremblant baiser votre talon ?
» Nous sommes tous égaux étant fils d'Apollon,
Me dites vous : tant mieux, c'est ce qui m'en-
    courage
A venir hardiment vous offrir mon hommage.
  N'attendez pas ici qu'en Carmes excellens,
J'instruise le Public de vos rares talens.
Eh, qui ne connoît pas l'admirable Z...
La touchante M... & l'adorable A....?
Qui n'est pas enlevé par leurs sublimes traits !
Je laisse aux Connoisseurs à vanter leurs attraits:
Heureux si vous daignez (ornement de notre
    âge)
Jetter un doux regard sur ce petit Ouvrage.
Si vous le regardez avec quelque bonté,
Crac, il va d'un plein saut à l'immortalité.

A ij

AVIS AU LECTEUR.

ON n'a point entrepris de chanter dans
    ces Vers,
Rome, ni ſes enfans vainqueurs de l'Univers,
Ni les fameuſes Tours qu'Hector ne put dé-
    fendre,
Ni les combats des Dieux aux rives du Sca-
    mandre.
On ne veut qu'y chanter deux fidéles Amans,
Leurs plaintes, leur amour, leurs plaiſirs,
    leurs tourmens;
Et comme ils attendoient qu'un heureux Hy-
    ménée
Vînt de mille faveurs combler leur deſtinée.
     L'un & l'autre cependant
     N'en croqua que d'une dent.

AGATHE,

TRAGEDIE.

ACTEURS.

EURIPIDE, faifant le Prologue.

AGESILAS, Souverain d'un petit Royaume, fitué dans un petit coin de l'Orient.

AGATHE, Princeffe élevée à la Cour d'Agéfilas, & tant foit peu fa parente.

AXIAME, Confidente d'Agathe.

COLIN, Confident d'Agéfilas.

ARTABAN, Brigadier d'Armée.

{ ARDILLON,
{ APR'à-TOUT, } Officiers.

Un Sergent.

Soldats.

La Scene eft à Tobu, Capitale du Royaume d'Agéfilas.

AGATHE,
OU
LA CHASTE PRINCESSE
TRAGEDIE.

ACTE PREMIER.

SCENE PREMIERE.

Le Théâtre repréfente le Palais d'Agathe.

LA PRINCESSE AGATHE, AXIAME.

AXIAME.

LE Soleil renaiſſant ramene la lumiere,
Et ſes nouveaux rayons frappent notre pau-
piere,
Ecoutez les accens des tendres roſſigno's,
Qui chantent leur Amour ſur les plus doux bémols.

Avancez, écoutez l'aimable Tourterelle ;
Jurer à son Amant une ardeur éternelle ,
Venez voir les Oiseaux qui, volant dans les airs,
Semblent mêler leurs voix aux célestes concerts.

LA PRINCESSE, *tristement.*

N'allons pas plus avant , demeurons, Axiame.

AXIAME.

Madame , qu'avez-vous ? Qui vous chiffonne l'ame ?
Vous pour qui tous les Dieux prodiguant les plaisirs ,
Semblent par leurs faveurs prévenir vos desirs ,
Qui peut vous inspirer cette sombre tristesse ?
La gloire, la grandeur , la beauté , la jeunesse ,
Bref, vous possédez tout ; quel sort a plus d'appas !
Et qui peut être heureux , si vous ne l'êtes pas ?

LA PRINCESSE.

De ton zéle pour moi je ne suis point en doute ,
C'est trop me taire , apprens....

AXIAME.

Parlez , je vous écoute.

LA PRINCESSE.

Tu sçais de quelle ardeur le Prince Agésilas ,
Ce Guérrier si fameux brûle pour mes appas.
Quoique jeune & Gascon, il est modeste & sage :
Une noble pudeur colore son visage ,
Et comme un jeune cœur est bientôt enflammé ,

Il me vit , il m'aima , e le vis , je l'aimai.
J'affectai cependant une vertu correcte.
Une Princesse sage est toujours circonspecte ,
Je lui cachai trois jours l'excès de mon tourment ,
Qu'il m'en coûta , Grands Dieux ! On souffre diable-
ment ;
Mais enfin lui voyant une ardeur si parfaite,
De si pressans désirs , j'avouai ma défaite.

AXIAME.

Je sçai qu'à mon départ un bienheureux Hymen
Vous alleit faire dire à tous les deux , Amen ,
Mais ce qui s'est passé , Madame , en mon absence....

LA PRINCESSE.

Nous attendions ce jour avec impatience,
Cependant son Rival , le superbe Alcanor ,
N'ayant pû m'éblouir avec ses vestes d'or ,
Vient me surprendre un soir, il entre dans ma chambre,
C'étoit.... oui justement le second de Septembre.
Le Traître m'entraîna sur le bord de mon lit ,
Là , malgré mes sanglots , mes larmes , mon dépit ,
Il me.....

AXIAME.

Il vous ?

LA PRINCESSE.

Il me....

AXIAME.

Achevez, je vous prie.

LA PRINCESSE, *d'un ton fort & douloureux.*
Il me ravit la fleur que j'avois tant chérie.

AXIAME.

Quoi, le Barbare ainſi contenta ſes amours !

LA PRINCESSE.

Oui, mais incontinent je lui tins ce diſcours ?
Eh bien, es-tu content d'avoir honni, perfide,
Une tendre colombe, une brebis timide ?
Pour échapper en vain tu te veux efforcer :
Avant que le perfide oſe me réoffenſer,
Crirai-je, allez chercher les Archers de ma garde ;
Tu vas être puni, méchant, ame paillarde.
Il vouloit s'évader, je le ſerrois toujours.
J'avois en cet inſtant plus de vigueur qu'un Ours.
Madame, par pitié, que je gagne la plaîne.
Non, non, infâme, non, ton eſpérance eſt vaine.
Laiſſez-moi me tirer, Madame de vos bras !
O ! puiſque tu y es, tu y demeureras.
Malgré tous mes efforts, le perfide, le traître,
S'échappe de mes mains, ſaute par la fenêtre,
Et pour ſe dérober à cent coups de gourdin,
Il fend rapidement la cour & le jardin.
Lorſque je me vis ſeule & preſque demi-nue,
O ma pudicité ! Qu'êtes-vous devenue !
Mon honneur eſt, ma foi, diantrement racourci.
Que devint mon Amant en apprenant ceci !

Il trouve son Rival , il le force à se battre ,
Et rempli de fureur, faisant le Diable à quatre,
Lui porte un coup puissant à travers le rognon ,
Et parmi les défunts le met en rang d'oignon.
Dans le même moment , tout fier de sa victoire ;
Il veut partout prôner son triomphe & sa gloire ;
Mais las ! dans ce combat , mon cher Agésilas
D'un fatal coup d'estoc se trouve atteint au bras.
Il fallut lui couper.

AXIAME.

Quoique ce coup assomme,
C'est quelque chose encor que les trois quarts d'un
homme,
Cela vaut mieux que rien. Est-il hors de péril ?

LA PRINCESSE.

Oui , depuis quelques jours.

AXIAME.

Eh bien ! que ne vient-il,
Puisqu'il se porte mieux , pourquoi cette tristesse ?

LA PRINCESSE.

Mais voudra-t-il encor regarder sa Princesse ?
Je crains de lui paroître un objet odieux ;
Je n'oserai jamais sur lui lever les yeux.
Enfin je ne suis point de ces femmes hardies
Qui se fourent par-tout, jasent comme des Pies,
De quel front à ses yeux oser me présenter ?

Mes appas profanés pourroient-ils le tenter ?
En dépit d'un amour aussi pur que le nôtre,
Il aura du mépris pour les restes d'un autre ;
Indigne de lui plaire & d'oser l'approcher,
Je ne dois désormais songer qu'à me cacher.

AXIAME.

Vous cacher ! Et pourquoi ne plus oser paroître ?
Quoiqu'ait fait Alcanor, eh bien, qu'en peut-il être ?
Si par son noir projet poussé plus fort que jeu,
Votre honneur est, Madame, écorné tant soit peu,
Agésilas, après son accident funeste,
Est-il entier lui-même ? Allez, je vous proteste.
Qu'il viendra vous trouver d'un air soumis & doux ;
D'ailleurs ignore-t-il que ce fût malgré vous ?
Ainsi, ce ne fut pas, Madame, votre faute,
Et vous n'en devez pas aller tête moins haute.

LA PRINCESSE.

Tu le crois ? En effet j'y fais réfléxion,
Je n'ai point à rougir d'une telle action.
N'ayant pas consenti je n'en suis pas moins chaste,
C'en est fait, reprenons mes grands airs & mon faste.
Parlons de mon Héros. T'es-tu fait raconter,
Le nombre des exploits.... Mais qui les peut compter ?
Que de faits glorieux rempliront son Histoire !
Le grand titre de Roi n'est que sa moindre gloire,
Il est encor plus grand par ses travaux guerriers,

Son noble chef est teint d'innombrables lauriers ;
Mille fois on l'a vû jurant plus que dix Fiacres,
Faire dans les combats massacres sur massacres,
Sans considérer rien & sans se ménager,
Fourager, ravager, saccager, égorger.
Il fait tout ce qu'un Dieu pourroit à peine faire,
Et Mars en le suivant craint d'être téméraire,
Mais dès que les vaincus se rendent, sont soumis,
Il ne les compte plus parmi ses ennemis.

Rappelle-toi ce jour si grand, si mémorable,
Où le farouche Arbal au regard effroyable,
Se voyant terrasser implora ses bontés,
Et pour sauver ses jours fit mille lâchetés.
Satisfait des respects de cette ame si fiere,
Content de sa victoire il lui fit grace entiere,
Il retint son couroux, modéra ses fureurs,
Et se vainquant, vainquit le vainqueur des vainqueurs.

Il posséde au parfait, courage, grandeur d'ame,
Prudence, fermeté. . . .

AXIAME.

Je sçai de plus, Madame,
Qu'il a l'esprit orné de cent talens divers ;
Il fait des vers en prose, & de la prose en vers.

LA PRINCESSE.

Mais, n'admires-tu pas cette face divine,
Qui sans doute du Ciel tire son origine ;

Ces membres élégans tous formés au compas,
Ces cheveux qu'Apollon ne défavouroit pas ?
En quel autre, dis-moi, peut-on trouver ensemble
Les divers agrémens qu'en lui seul il rassemble,
Et ce charme secret dont l'œil est enchanté,
Et la grace, plus belle encor que la beauté ?
Aussi ne pense pas que ce soit sa couronne
Qui me force à l'aimer, ce n'est que sa personne :
Pour être Souverain, il faut bien des vertus ;
Pour être Agésilas, il en faut encor plus.

A X I A M E.

Je ne m'étonne point de cette vive flamme,
Où si violemment s'abandonne votre ame.

LA PRINCESSE.

O bienheureux bosquets, où dans nos purs amours
Nous coulions tous les deux le tems, les heureux jours !
Jours devenus momens ! momens filés de soye !
Agréables soupirs, pleurs enfans de la joye.
Nous n'épargnions regards, transports, ravissemens,
Mélange dont se fait le bonheur des Amans.

A X I A M E.

Votre mémoire est sûre & rien ne vous échappe,
Je vois qu'en cet instant vous mordez à la grappe.
Oui, certains yeux fripons....

LA PRINCESSE.

Je ne le puis celer ;

Mais

Mais comme mon amour peut enfin m'aveugler ,
Ne me déguife rien, parle , je te l'ordonne.
Avec les qualités dont brille fa perfonne ,
Ai-je mal fait , dis-moi , de lui donner mon cœur ?

AXIAME.

Monfieur vaut bien Madame , & Madame Monfieur.

LA PRINCESSE.

Quand pourrai-je donc voir le Héros que j'adore ?
Hélas , que ce defir me pique & me dévore !
Mais , j'apperçois , je crois, ce cher Agéfilas.

AXIAME.

Madame , c'eft lui-même.

LA PRINCESSE.

O Dieux , qu'il a d'appas ?
Mais il fait un bouquet ; ah ! c'eft pour moi , je gage.
Tirons-nous à l'écart dans ce prochain bocage ,
Ecoutons un moment quels feront fes difcours ,
Et s'il fe reffouvient de nos chaftes amours.

S C E N E I I.

A G É S I L A S *cueillant des fleurs.*

Tendres & vives fleurs, dont brille ce parterre,
Souffrez que je vous faffe abandonner ces lieux.
        Je vous arrache de la Terre
        Pour vous élever jufqu'aux Cieux.

        Tant que dureroit le printemps
Des jardins émaillés vous feriez la parure,
Mais ne vaut-il pas mieux l'être quelques inftans
        Duchef-d'œuvre de la Nature?

        Je fçais que vous quittez les aimables zéphirs
Et je m'apperçois bien que ce n'eft pas fans peine,
        Mais vous fentirez des foupirs
        Plus doux cent fois que leur haleine.

        Je vous prive, il eft vrai, des regards pleins de feux
        Du grand aftre qui nous éclaire,
        Mais dans les yeux qui m'ont fçu plaire
Pour un foleil perdu vous en trouverez deux.

        Je l'apperçois venir cette plus que mortelle.
Quels raviffans appas! ah morbleu, qu'elle eft belle?
Je céde à tant d'attraits & dans cet heureux jour
Je ne vois, je n'entends, je n'haleine qu'amour.

S C E N E   I I I.

AGÉSILAS, LA PRINCESSE, AXIAME.

A G É S I L A S.

O Serai-je, en tremblant, Princeffe à l’odeur d’am-
bre,
Vous préfenter un corps auquel il manque un membre?

LA PRINCESSE.

Pourvû que vous ayez fain & fauf le milieu,
C’eft-à-dire ce cœur digne d’un demi-dieu,
Vous êtes trop parfait, je ferai trop heureufe.
Ma paffion eft pure & point du tout verreufe :
Soyez borgne, manchot, j’aime votre retour,
Si vous me rapportez un cœur rempli d’amour.

A G É S I L A S.

Ah, vous m’affaffinez d’excès de courtoifie!
M on ame en cet inftant de plaifir s’extafie
Par ce propos rempli de fuave liqueur,
O bel aftre luifant! Brioche de mon cœur :
Pour mon ardent amour ô douce rocambole!

LA PRINCESSE.

Je ne donne jamais ni caffade ni colle.

A G É S I L A S.

Puifque vous m’affurez, mon trognon potelé,

Que vous aimez encore un amant mutilé,
Pour payer dignement une ardeur si loyale,
Sans tant préambuler, sans plus long intervale,
Je vous donne aujourdui ma couronne & ma foi,
Belle Agathe, regnez sur mon Peuple & sur moi.
    Ah, quand le Dieu d'Hymen nous tiendra sous sa
        chaîne,
Je ne m'occuperai qu'à caresser ma Reine,
Je la bouchonnerai, baiserai nuit & jour,
Et puis répu, guedé des plaisirs de l'amour,
Je volerai pour vous de victoire en victoire;
Partout de votre nom je répandrai la gloire,
Je veux par mes exploits faire mille jaloux,
Pour revenir plus grand & plus digne de vous.
Que mon sort, ma Princesse, excitera d'envie!

LA PRINCESSE.

Que sous d'aimables loix mon ame est asservie!

AGÉSILAS.

Qu'il m'est doux de vous voir partager mon ardeur!

LA PRINCESSE.

Qu'il m'est doux d'enchaîner un si grand belliqueur!

AGÉSILAS.

L'Amour est un matois aussi vieux que le monde;
Il brûle de ses feux le Ciel, la Terre, & l'Onde,
Il est le plus puissant & le plus grand des Dieux,
Et toutefois, Agathe, il loge dans vos yeux.

LA PRINCESSE.

Qu'un difcours fi flatteur fenfiblement me touche !
La perfuafion parle par votre bouche.

AGÉSILAS.

Le fucre le plus doux, le plus excellent miel
Auprès de vos faveurs n'ont pour moi que du fiel.

LA PRINCESSE.

Tout mâle (excepté vous) loin de me rendre alaigre
Ne m'eft que chicotin confit dans le vinaigre.

AGÉSILAS.

Pour bien réciproquer à ces mots gracieux,
Il faudroit tout l'efprit qui brille dans vos yeux.

LA PRINCESSE, *vivement.*

Mais, m'aimes-tu bien fort, cher objet de ma flamme?

AGÉSILAS, *vivement.*

Si je t'aime bien fort, délices de mon ame !
Ah ma Reine, doutez des feux du firmament ;
Doutez que le Soleil ait aucun mouvement ;
Doutez de vos vertus, de votre beauté même,
Mais ne doutez jamais de mon amour extrême.

LA PRINCESSE.

Qu'on verra s'écouler & de nuits & de jours
Avant qu'Agathe foit changeante en fes amours !

AGÉSILAS.

Qu'on verra revenir de malheurs & de joies !

B iij

Qu'on pleurera d'Hectors, qu'on brulera de Troyes !
Qu'on verra trébucher de Peuples & de Rois
Avant qu'Agésilas vive sous d'autres loix !

LA PRINCESSE.

Quoi, même parvenue à l'extrême vieilleſſe ?

AGÉSILAS.

Vous y conſerverez la fleur de la jeuneſſe.
Dans vos rides iront ſe nicher les amours ;
Vous ſerez toujours fraiche & vous plairez toujours.

LA PRINCESSE.

Tout en vous eſt parfait, tout en vous me tranſporte.

AGÉSILAS.

Tout en vous eſt divin, ou le Diable m'emporte.

LA PRINCESSE.

Tout en vous, tout en moi va nous être commun.

AGÉSILAS.

Tout en vous, tout en moi va ne plus faire qu'un.

LA PRINCESSE.

Qu'il eſt doux de trouver dans un amant qu'on aime,
Un époux que le cœur a choiſi de lui-même !

AGÉSILAS.

Acceptez ce bouquet, de ces lys la blancheur
Eſt un gage aſſuré de ma pudique ardeur,
Et la vive couleur dont ces roſes ſont peintes,

Marque l'ardent amour dont je fens les atteintes.

LA PRINCESSE.

Il eſt des plus galans .

AGÉSILAS.

                    Acordez à ma main
L'honneur de le placer fur votre aimable fein.

                    Il lui place.

O trop heureux bouquet ! favoure ta fortune ,
Et nargue déformais le Soleil & la Lune.

LA PRINCESSE.

Mais ne trouvez-vous pas , aimable Jouvenceau,
Qu'il feroit à propos de manger un morceau ?

AGÉSILAS.

Oui-dà , c'eſt bien penſer.

LA PRINCESSE.

                    Allons nous mettre à table,
Et diner tête à tête.

AGÉSILAS.

                    O repas déleᵭable !
Allons , mais en buvant , je vous jure , m'amour ,
Que je vais m'enyvrer moins de vin que d'amour.

Fin du premier Aᵭe.

ACTE II.

SCENE PREMIERE.

Le Théâtre repréfente une Campagne.

ARTABAN, ARDILLON, APR'-A-
TOUT, SOLDATS.

ARTABAN.

VOUS dont la valeur fut toujours non com-
    mune,
Vous, qui concupifcez fans ceffe la Fortune,
Qui fans craindre la mort, fous des Cieux
    étrangers,
Cherchez avidement l'argent & les dangers,
Vous reftez interdits, & vous le devez être.
Je le répéte encor, fçachez que notre Maître,
Ce valeureux, ce fier, ce grand Agéfilas,
Perd lâchement le tems en d'amoureux ébats.
Amis, fouffrirons-nous qu'une femme lafcive
Retienne encor longtems notre valeur oifive ?
Où feroient ces honneurs, où feroit ce butin,

Que fembloit nous promettre un fortuné deftin ?
Aux pieds d'un jeune objet, le cœur rempli de braife,
Notre Prince s'amufe à faire le Nicaife,
Et par l'effet fatal d'un regard affecté ,
Il s'extafie auprès d'un petit cul-croté.
On dit qu'enforcelé de cette Peronnelle,
Il ne veut de deux mois déguerpir d'auprès d'elle.
 Partons, partons fans lui, venez, braves Guerriers,
Allons, courons chercher de l'or & des lauriers ;
Laiffons-l idolâtrer fa Nymphe potagere ;
D'un indigne repos fongeons à nous fouftraire.

ARDILLON.

Quoi donc ! Agéfilas auroit fi peu de cœur !
Il laifferoit fans honte engourdir fa valeur !
Si par malheur j'avois une telle foibleffe ,
Je me croirois, fandis, dégradé de nobleffe.

APR' A-TOUT.

Moi, j'ai du bien, je vais au Bal , à l'Opéra,
J'ai des femmes, du vin, tout ce qu'il vous plaira,
Mais quand il faut combattre, alors je vous protefte,
Que j'en fais, ventre bleu, moins d'état que d'un zefte.

ARTABAN.

Que j'aime à voir en vous ces nobles fentimens !
Marchez donc, compagnons, fous mes commandemens.
 Toi, charme des Héros, immortelle Victoire,
Ame de leur va'l'ance & fource de leur gloire,

Fixe ton inconstance, accompagne nos pas,
Et viens nous voir sabrer têtes, jambes & bras.

UN SERGENT.

La conjuration, quoiqu'un peu déguisée,
Me paroît chatouilleuse & veut être pésée.

ARTABAN.

Vous tremblez ! Périssons, amis, s'il faut périr ;
Quand on sçait conjurer il faut sçavoir mourir.
Si de quelque terreur vous avez l'ame atteinte,
Je sçais un sûr moyen de bannir cette crainte.
Pour être en sureté contre tous les hazards,
Je veux offrir pour nous un sacrifice à Mars.
Allez mettre en état votre vieille rapiere,
Vous, votre grand bissac, vous, votre bandoulliere.
Je m'en vais invoquer ce redoutable Dieu.
Revenez au plutôt me trouver en ce lieu.

SCENE II.

Le Théâtre représente le Palais d'Agathe,

LA PRINCESSE, AGÉSILAS, AXIAME.

AGÉSILAS,

Oui, vos moindres façons ont des graces secrettes
Une noble pudeur, à tout ce que vous faites,
Donne un prix, mais un prix ! Un prix ! Un si grand
      prix,

Qu'il perturbe mon ame & confond mes efprits.

LA PRINCESSE.

Fi donc, petit badin , treve de raillerie,
De grace, finiffez, c'eft moi qui vous en prie.
Vous mettez à tous coups ma pudeur hors des gonds.

AGÉSILAS.

Ah , je vous jure ici par ce tein fans boutons ,
Mais tout farci de lis, tout bourgeonné de rofes ,
Que jamais....

LA PRINCESSE.

Laiffons-là toutes ces belles chofes ,
Vous m'aimez, il fuffit ; il fuffit , vous m'aimez ;
Qu'il vous fuffife auffi que tous mes fens charmés
N'afpirent qu'au moment de notre mariage.

AGÉS ILAS.

Dieux ! Que je mettrai lors de tréfors au pillage !
O toi , grand Jupiter , puiffant Maître des Cieux ,
Non, tu n'es près de moi qu'un Bélître , qu'un Gueux.

On entend une fymphonie.

LA PRINCESSE.

Mais, qu'eft-ce que j'entends ? Quel concert agréable !

AGÉSILAS.

C'eft pour vous.

LA PRINCESSE.

Mais vraiment , vous êtes trop aimable.

AGÉSILAS, *aux Muficiens qui paroiffent au fond du Théâtre.*

Vous que je paye en Prince, élevez vos concerts
　　Au-deffus du chant ordinaire :
　　Songez que vous avez à plaire
Au plus charmant objet qui foit dans l'Univers.

CONCERT.
Une voix.

POurfuis, Soleil, pourfuis ta carriere éclatante,
　Preffe les pas tardifs de tes Courfiers trop lents,
Et ne fais plus languir l'ardeur impatiente
　　De deux tendres Amans.

Une autre voix.

　Qu'elle eft lente cette journée,
　Dont la fin me doit rendre heureux !
　Chaque inftant à mon cœur amoureux
　Paroît durer plus d'une année.
　Qu'elle eft lente cette journée,
Dont la fin, en dépit des envieux,
　Doit combler mes vœux ?

Autre voix.

　Déeffe, Reine du filence,
O Nuit, favorifez mes defirs.
　Satisfaites notre impatience ,

Faites-nous un fort délicieux,
  L'objet de mes vœux,
  Pour me rendre heureux,
  Content, joyeux,
  Victorieux,
N'attend plus que vous : arrivez donc en diligence,
O Nuit, favorisez mes désirs amoureux.

  Je ne désire plus rien,
  Je vais posseder Agathe,
  Je ne désire plus rien,
  Soleil, juge quel est mon bien :
  Ce soir tout son corps est mien,
  Cœur, poumon, gigier & ratte ;
  Je m'en donnerai tant, tant, tant,
  Pan, pan, pan, pan, pan, pan, pan,
  Quel transport ! Quel ravissement ! Je ne &c.

Tu luis encor, Soleil, & ta lumiere
Semble se plaire à vouloir m'affliger,
  Je sçaurai bien t'obliger,
  A précipiter ta carriere ;
  Vien contempler la Déité,
  Dont le divin éclat me dompte ;
   Et tu fuiras de honte,
   D'avoir moins de clarté.
  Tôt, tôt, tôt, va-t-en, pauvre hére,
  Tôt, tôt, tôt, fuis notre hémisphere,
  Tôt, tôt, tôt, tourne le derriere,
  Tôt, tôt, tôt, dérive au plutôt.
Le Chœur répéte les quatre derniers Vers.

AGATHE,

LA PRINCESSE.

On ne peut mieux chanter , le régal eſt parfait.

AGÉSILAS.

Faut-il s'en étonner ? C'eſt pour vous qû'il eſt faıt.
Çe ſont éternumens d'eſprits , fruits de ma Muſe.

LA PRINCESSE.

Pour enfanter tels vers il faut n'être pas buſe.

AGÉSILAS.

Ah , ſans aller rêver ſur le ſacré Vallon,
Agathe me ſuffit & vaut un Apollon :
Elle ſçait m'inſpirer un feu plus chaud qu'épice.

La Princeſſe touſſe.

Vous touſſez fort , ma Reine !

LA PRINCESSE.

Oui, je ſuis au ſupplice ,
Et je ſuis enrhumée épouvantablement.
Elle retouſſe & crache pluſieurs fois.

AGÉSILAS.

Morbleu ! Peut-on cracher plus amoureuſement ?
Mais, Princeſſe , hâtons cet heureux mariage,
Et daignez accepter ce doux baiſer pour gage.
Je vois Colin , de quoi me vient-il avertir ?

SCENE III.
COLIN, &c.

SEigneur, tous vos Pandours sans vous veulent
    partir,
Artaban les anime ; il leur dit, ce rebelle,
Que vous perdez le tems près d'une Peronnelle,
Un petit cul crotté.

AGÉSILAS.
    Un petit cul-crotté !
Le traître ! Et vous l'avez sans colere écouté ?
Ce discours sans horreur, ô Ciel, peut-il s'entendre ?
Près d'une Peronnelle ? Ah ! Que j'en ferai pendre !
Quoi, vous traiter ainsi, Princesse ?

LA PRINCESSE, *pleurant.*

                    Vous voyez.

AGÉSILAS.

Ne pleurez point, ma mie, ils seront tous noyez.
Je m'en vais leur parler. Malgré leur insolence
Les mutins n'oseront soutenir ma présence.
Je ne veux que les voir, je ne veux qu'à leurs yeux
Immoler de ma main ce Chef audacieux.

LA PRINCESSE, *vivement.*

Imitez de César la diligence extrême.
Il vint, vit & vainquit, Prince, faites de même.

Que votre bras arme pour mes divins appas,
Hâche en mille morceaux ce perfide Judas.
Que son indigne corps soit réduit en canelle ;
Revenez tout couvert du sang de l'infidéle :
Qui différe un instant partage ce forfait.

AGÉSILAS.

Oui, je cours vous venger d'un si perfide trait:
Ou ma rare valeur se trouvera trompée,
Ou son infâme sang rougira mon épée,
Cette large & terrible épée à giboyer ;
Dans ma juste fureur je vais le foudroyer.
Allez tranquillement m'attendre en votre chambre:

LA PRINCESSE, *courant après lui précipitamment.*

Prenez garde de perdre encor quelqu'autre membre.

AGESILAS, *se retournant.*

Non, non, ne craignez rien, mes membres font à
    vous.
Je reviens sur le champ vous les rapporter tous.

                     Il s'en va.

LA PRINCESSE.

Et nous, Axiame, allons dans ses vives allarmes,
Pousser trente soupirs, verser quarante larmes.

AXIAME.

Allons prier les Dieux, que sur votre pailler
Le Prince (à son bras près, revienne tout entier:

SCENE

SCENE IV.

Le Théatre repréfente une Campagne.

ARTABAN, *feul.*

LE Dieu Mars à mes vœux eft fans doute propice.
J'ofe tout efperer de notre facrifice.
Ah ! qu'il tarde à mon bras, par de nouveaux exploits,
De faire égofiller la Déeffe aux cent voix !
  Nos gens ne viennent point. Ah ! je les vois paroître,
Avancez, mes amis.

SCENE V.

ARTABAN, ARDILLON, APR'-A-TOUT, &c.

ARDILLON.

EH ! bien, notre vieux Rêtre,
Partirons-nous ?

ARTABAN.

Sans doute, allons nous fignaler,
La gloire nous appelle, il nous y faut voler.
Cimentons nos fuccès par plus d'une victoire.
Courons nous affurer une illuftre memoire.
Un fi noble projet par nos exploits rempli
Nous fera triompher du tems & de l'oubli.
Ne nous amufons point en des difcours frivoles,

C

Le ſage eſt ménager du tems & des paroles,
Laiſſons-là ce beau chef, venez, amis, venez ;
Il ſera bien camus d'avoir un pied de nez .
Baniſſons une crainte & vaine & ridicule.
Craint-on de s'égarer ſur les traces d'Hercule ?
Partons, qu'Agéſilas. . . .

A P R'A-T O U T.

          Je crois que je l'entends.

A R T A B A N .

Secondez-moi bien tous.

S C E N E V I.

AGÉSILAS, COLIN, &c.

AGÉSILAS.

Qu'eſt-ce donc que j'apprends ?
Vous vous émancipez, ô chétives canailles,
Vrais *pecora campi*, faquins, francs rien qui vaille,
De parler de mon aſtre en termes outrageux,
Et ſans moi vous partez ? Ah ! de par tous les Dieux,
Je ſçaurai vous couper à tous les deux oreilles,
Et faire un peu pâlir vos trognes trop vermeilles,
Et pour vous achever, d'un licou ſuſpendus
Je vous ferai, pendarts, dire votre *in manus*,
Vous connoîtrez alors ſi je ſuis un Nicaiſe.

Mais au fond je suis bon, aisément je m'appaise :
Montrez-moi seulement le moindre repentir.
Pour le traître Artaban mon bras va le punir,

à Artaban.

Qui t'a forcé, maraut, d'être si téméraire ?

A R T A B A N, fierement.

Je le ferois encore, si j'avois à le faire.

A G É S I L A S.

Homme venu de rien ! A ton Roi ! Malheureux !

A R T A B A N.

Oh ! ne tranchez pas tant du fier & du fameux.
Encor qu'un toît de chaume ait couvert ma naissance
Et qu'un Palais de marbre ait logé votre enfance,
Que vous veniez d'un Roi, moi d'un simple Pasteur,
Votre sang près du mien est-il d'autre couleur ?
Si sur votre caboche on voit une couronne,
Ce n'est pas la vertu, c'est le sort qui la donne ;
Ne vantez donc plus tant votre rang glorieux,
Qui sert bien son pays n'a pas besoin d'ayeux.

A G É S I L A S.

Je suis tout stupéfait d'une telle insolence.

A R T A B A N.

Se targue qui voudra d'une haute naissance,
Si je me vois le fils d'un chétif malotru,
C'est la faute du sort & non de ma vertu.

C ij

Un Guerrier dont le nom se fait partout connoître,
S'il n'est du sang des Dieux, il est digne d'en être,
De grandes actions, du cœur, voilà le *hic.*

AGÉSILAS.

Ah ! le maudit serpent ! ah, le petit aspic !

ARTABAN.

Allez filer auprès de votre Peronnelle,
Rien ne peut m'ébranler quand la gloire m'appelle,
Je suis dans mes projets aussi ferme qu'un mur.

COLIN *à part.*

Il est duriuscul pour ne pas dire dur.

AGÉSILAS.

Vois-tu ce fer, maraut, prêt à choir sur ta tête !
Viens, coquin, l'éprouver.

ARTABAN *se mettant en défense.*

Ne soyez pas si bête,

AGÉSILAS.

Il faut que pour loyer de ton manque de foi
Je te donne cent coups.

ARTABAN.

Vous ! vous ! vous !

AGÉSILAS.

Moi, moi, moi,

ARTABAN.

Vous faites bien du bruit avec votre cocarde !

Si par malheur , au nez me monte la moutarde ,
Vous me ferez jurer & par F.... & par B....

A G É S I L A S.

Ah ! c'eſt trop en ſouffrir , tu vas être flambé ,
Rien ne peut te ſouſtraire au courroux qui m'anime ,
Reçois le châtiment qu'a mérité ton crime.

A R T A B A N.

Meſſieurs , m'a-t-il frappé ?

U N   S O L D A T.

      Oui ſans doute & très-fort ?

A R T A B A N.

Ah ! je n'en puis douter , voilà mon ſang qui ſort.
         à part.

Il faut que d'un revers à mon tour je l'immole.

   à Agéſilas en le frappant.

Tiens, tiens, va-t-en mourir aux pieds de ton Idole ,
Tu ne me ſurvivras que d'un petit inſtant ,
Puiſque je ſuis vengé , j'expire trop content.

A G É S I L A S *tombe à terre tout étourdi.*

C O L I N.

Page , ne quittez point notre Prince juſqu'à ce
Que porté dans ſon lit , il guériſſe ou trépaſſe ,
Moi , je cours promptement en deux ſauts & trois pas
Apprendre à la Princeſſe un ſi funeſte cas.

AGÉSILAS *revenu de son étourdissement.*

Ah ! Quel coup est parti de sa fiére alumelle !
Je sens que je m'éteins ainsi qu'une chandelle,
Que dira mon bel Ange en apprenant ma mort !
La douleur, j'en suis sûr, va terminer son sort.

UN SOLDAT.

Vîte un Chirurgien.

AGÉSILAS.

Je tremble en chaque membre,
Belle Reine, attendez, je vole à votre chambre.
Portez-y promptement le pauvre Agésilas,
Et qu'il puisse du moins expirer dans ses bras.

Fin du second Acte.

ACTE III.

SCENE PREMIERE.

Le Théâtre repréfente le Palais d'Agathe.

LA PRINCESSE, AXIAME.

AXIAME.

MAdame, qui vous fait trépigner de la forte ?
Votre beau tein n'eft plus que couleur feuille
morte.

LA PRINCESSE.

Mon Prince ne vient point. Moment trop rigoureux,
Que vous paroiffez lent à mes rapides vœux !
Je crains que mon Amant, pour vanger mon outrage
Avec trop de chaleur n'ait fuivi fon courage.
Je crains furtout, je crains que le fier Artaban,
Ce gros, grand, gris, gras, grec, ce maudit chenapan

C iv

N'ait fur Agéfilas.... on n'ofe me le dire.
Ah ! fans doute il eft mort ou du moins il expire?
La lumiere du jour, les ombres de la nuit,
Tout retrace à mes yeux ce funefte délit.

AXIAME.

Eh, repouffez, Madame, un fi trifte préfage,
Efperez mieux du Ciel, il eft & jufte & fage.

LA PRINCESSE.

Un fonge menaçant fans ceffe me pourfuit.
J'ai rêvé de Châtrés pendant toute la nuit,
De miroirs renverfés, d'œufs caffés, d'eau bourbeufe;
Un mort m'a préfenté fa rencontre hideufe.
Les Cignes que j'ai fait placer dans mon étang
M'ont femblé des Corbeaux qui nageoient dans du
    fang.
Mon Palais, dont l'éclat fe fait fi bien paroître,
S'eft changé tout à coup en Château de Bicêtre.
Le canal qui le borde a paru l'Acheron.
J'ai pris chaque batteau pour la barque à Caron.
Ces arbres grands & verds, qui bravent la froidure,
M'ont paru des Cyprès dépouillés de verdure;
Ces arbres orgueilleux, vénérables vieillards,
Supports filencieux de tant de babillards.
Un Spectre s'eft montré; puis au même inftant, zefte,
Un autre plus hideux, plus affreux, plus funefte,
Plus effroyable, armé d'une broche à rôtir,

(Dont l'afpect a penfé me faire évanouir)
Ayant fait par trois fois un horrible tapage,
Le fang d'Agéfilas a fatisfait fa rage ,
Puis fe tournant vers moi : tiens , bégueule , a-t-il dit,
Fais maintenant porter ton mignon dans ton lit.
A ces mots, de fix pieds, il allonge fa face,
Et fuit en me faifant une affreufe grimace.
Je me fuis réveillée en furfaut là-deffus ,
Sans poux , fans voix , fans force, & toute dans mon jus.
     Axiame, tire-moi de ce cruel martyre,
Va voir ce qui fe paffe , & reviens me le dire.

AXIAME.

Je vous obéïrai , mais qu'eft-ce que je voi ?
C'eft Colin tout courant ; il femble plein d'effroi !!
Quelque nouveau malheur fans doute nous l'envoye.

___

SCENE II.

COLIN, LA PRINCESSE, AXIAME.

COLIN.

AH ! parbleu , voici bien un autre rabatjoie.
                                        il touffe ,
J'ai couru comme un bafque.... hum , hum.

AXIAME.

                                   Crache, pourri.

A G A T H E ;

C O L I N.

Je pleure, hélas ! je pleure après avoir bien ri.

LA PRINCESSE.

Son difcours me remplit d'une frayeur mortelle.

C O L I N.

Vraîment, vraîment, j'apporte une belle nouvelle.
Faites provifion de fanglots, de regrets ;
Le Prince en ce moment eft peut-être *ad patres.*
Il venoit en Héros de venger votre injure,
Quand ce chien d'Artaban.... ah ! non... fi.... je vous
    jure....
Mon Maître... néanmoins... d'autant que ... d'autre
    part...

AXIAME.

Sans nous faire languir , au fait , maudit bavard.

C O L I N.

Il faut bien s'exprimer en ftile magnifique
Et femer fon difcours de fleurs de rhétorique ;
Je vous difois donc.... foin, il ne m'en fouvient pâ
Ah ! pourquoi celle-là m'a-t-elle interrompu?
Ah ! j'y fuis. Auffitôt ... non , fifait .... il faut croire
Bref... à propos .... enfin fa déplorable hiftoire,
Contient en peu de mots ce que je vous ai dit,
Et de tous nos malheurs le fidéle récit.

(*Ce dernier vers d'un ton pathétique.*

SCENE III.

AGÉSILAS *amené dans une brouette.*

AXIAME.

AH! que vois-je, Seigneur, & quel affreux dé-
saftre ?

AGÉSILAS.

Cessez, & retenez vos larmes, mon bel Astre
J'ai vengé votre injure autant que je l'ai pû.
J'ai mis dans le tombeau ce gros vilain lippu :
Mais le Ciel, envieux de mon fort & du vôtre
Ne veut pas que nos corps enchaînés l'un à l'autre,
Et dans un chaste lit enfemble réunis,
S'enyvrent à longs traits de plaifirs infinis.
La fortune se plaît à renverfer fa roue.
Aujourd'hui fur le faîte & demain dans la boue.
Ah! quel fort glorieux, quel deftin plein d'appas,
Si l'Hymen avoit pû nous mettre entre deux draps ;
L'amour, le tendre amour, par fes vives amorces
De moment en moment eût ranimé mes forces ;
Toujours auprès de vous guilleret & difpos....
Quel eft donc le deftin des plus fameux Heros !
Sertorius, Achille, Holopherne, Pompée,

Ont par la trahifon vu leur trame coupée!
Agamemnon , Cartouche , Alexandre , Céfar
D'une mort imprévûe ont reffenti le dard;
Et fur Agéfilas , doux , benin , débonnaire ,
Artaban , vil bâtard de mon Apotiquaire ,
Ofe lever fans crainte un parricide bras !
Et dans quel tems encor ! dans le moment , hélas !
Que j'allois éprouver avec ma chere Agathe
Des délices à faire épanouir la ratte.

LA PRINCESSE.

Par avance déja d'aife je me pâmois ;
Notre lit nuptial de fleurs je parfemois.
Je me promettois bien que de notre copule
On verroit naître un Mars ou du moins un Hercule;
Enfuite une Tendron plus belle que le jour ,
Et qu'enfin pour le prix de mon pudique amour ,
L'un auroit la valeur de Monfeigneur fon pere ,
L'autre la chafteté de Madame fa mere ;
Hélas ! ce doux efpoir a bientôt difparu !
[Prince , qui l'eût penfé !

AGÉSILAS.

[Princeffe , qui l'eût crû !

AXIAME.

Madame , il n'en peut plus , il va paffer , je gage
La couleur de la mort tapiffe fon vifage.

LA PRINCESSE.

Mon cœur, vous jafez trop, aidez-vous un petit ;
Vous feriez beaucoup mieux , mon fils , dans votre lit.

AGÉSILAS.

Ah ! laiffez-moi du moins le feul bien qui me refte.
Laiffez moi contempler ce vifage célefte,
Ces yeux tout rayonnans d'une vive clarté ,
Ces deux jeunes foleils , Rois de ma liberté ,
Ce tein où regnent feuls & le lys & la rofe ,
Qu'on ne peut trop louer en vers ainfi qu'en profe.
Mais je fens affoiblir ma force & mes efprits ;
Je fens que je me meurs.

LA PRINCESSE.

Ah ! ah !

AGÉSILAS.

Laiffez ces cris.
Agathe , approchez-vous , approchez-vous , Agathe ,
Dans cet embraffement dont la douceur me flatte,
Venez , & recevez l'ame d'Agéfilas.

AXIAME.

Il expire , grands Dieux ! malheureux fort ! hélas !

COLIN.

Patrocle gît , le Diable a joué de fon refte.

On emporte Agéfilas.

S C E N E   I V.

LA PRINCESSE, AXIAME, COLIN.

LA PRINCESSE.

QUEL coup me réfervoit la colere célefte !
Quel fang a fait couler l'injuftice des Dieux !
Je ne me connois plus, tout fe change en cès lieux.
Je te vois, Artaban, furie abominable,
Damnable, inexorable, effroyable, execrable,
Toi, plus cruel cent fois que vautours, que ferpens,
Et qu'une Leoparde a conçû dans fes flancs.
Où crois-tu te fauver ? quelle eft ton efpérance ?
Rhadamante a déja prononcé ta fentence.
A côté de Titie, à côté d'Ixion,
La roue & le vautour font ta punition.
Je me foule à longs traits de ton cruel fupplice.
Ah ! quelle volupté ! quel ragoût ! quel délice !
    Mais que dis-je ! où m'emporte une fi douce erreur ?
Je reprens ma raifon pour fentir mon malheur.
    O toi, trifte jouet de la fortune ingrate,
Au moins pour confoler ta malheureufe Agathe,
Si tu m'avois, avant ton funefte trépas
Laiffé quelque joli petit Agéfilas :
Il m'eût fait fouvenir de fon aimable pere,

Il auroit essuyé les larmes de sa mere :
Je l'aurois nettoyé, bichonné de ma main ;
N'y pensons plus, cédons à mon sort inhumain.
    Différe d'un moment, trop agréable Drille.
Attends, mon bouriquet, mon bedon, ma béquille ;
D'un courage viril je vôle sur tes pas:
Attend, il ne me faut qu'un peu de mort aux rats.
    Mourons pour lui prouver l'excès de ma tendresse,
Oui mourons. Non, vivons pour le pleurer sans cesse.
 On ne peut trop pleurer en de si grands malheurs.
Pleurons donc, débondons la source de mes pleurs,
Et faisons, vû l'ardeur qui dévore mon ame
Un Océan de pluie, un Mont-Gibel de flamme.
    Méchans, il n'est plus rien qu'on vous puisse op-
    poser.
Agésilas n'est plus, vous pouvez tout ôser.
De toute sa puissance, en ce moment funeste,
L'espace qu'il occupe est tout ce qui lui reste.

AXIAME.

Vaine pompe des Grands, aliment de l'orgueil,
Vous montez jusqu'aux Cieux pour tomber au cercueil.

LA PRINCESSE.

Sous quel astre ennemi faut-il que je sois née !
Au lit d'Agésilas aujourd'hui destinée,
Et veuve maintenant, sans avoir eu d'époux...
Ah ! j'enrage ! je créve.

AGATHE; AXIAME.

Eh ! bon Dieu , calmez-vous.
Rien ne fervent les pleurs , rien ne fert la trifteffe ,
Contre l'impéteux dard de la mort larronn..ffe.

LA PRINCESSE.

Infenfé qui premier au Deftin fe fia !
Sans ce maudit malheur qui nous met à *quia*,
Cher Prince , je t'aurois , dans ma royale couche ,
Baifotté chaftement le front , les yeux , la bouche.
Projets évanouis auffitôt que conçûs !
  Puifque mes yeux, ami , ne te reverront plus
Je vais mettre en prifon ces archers redoutables ,
Eteindre ces falots , dompter ces indomptables ,
Et fous un crêpe épais renfermant ces filoux
Mettre tout l'Univers à l'abri de leurs coups.
  Agéfilas n'eft plus ! O Fortune cruelle !
Peut-on ainfi traiter une tendre pucelle ?

Elle s'en va.

SCÉNE

SCENE DERNIERE.

AXIAME, COLIN.

AXIAME.

Pucelle ! Elle nous prend pour des cruches tous deux.
Colin, qu'en penses-tu ?

COLIN.

Le cas n'est pas douteux.

AXIAME.

Et voilà comme sont la plûpart de ces filles ,
Mais , brenicle, allez vendre à d'autres vos coquilles.

COLIN.

Mais toi , n'as-tu jamais rencontré d'Alcanor ?

AXIAME.

J'ai toujours été neuve & je le suis encor.
Je le jure.

COLIN.

Hé bien j'foit.

AXIAME.

Elle le regarde amoureusement.

Colin ; mon cœur, mon ame ,
Si tu voulois . . . .

D

COLIN.

Et quoi ? parle.

AXIAME.

Prendre une femme.
Mes parens, il est vrai, n'ont pas un rang fort haut ;
Mais qu'importe ; après tout chacun vaut ce qu'il vaut.
Les plus petites fleurs qui naissent dans les herbes
Ont leur prix aussi bien que les pavots superbes.
J'ai l'esprit cultivé d'avoir lû les Romans ;
J'ai du monde, & sur-tout, des mœurs, des sentimens.
Nous passerons le tems , moi comme une commere ,
Toi comme un bon gaillard , & vogue la galere.

Fin du troisiéme & dernier Acte.

Divertissement de la fin.

ACTEURS.

LE FOSSOYEUR,	*LE CARILLONNEUR;*
SA FEMME,	*SA FILLE,*
SA FILLE,	*LE SUISSE,*
SON FILS,	*SA FEMME,*

MARCHE.

La fille du Fossoyeur.

LA Mort sans tambours ni trompettes
Souvent met tout en désarroi :
Quand la camarde a dit, suis-moi ;
Adieu paniers vendanges sont faites.

Pour nous divertir aux guinguettes,
Il nous faut nombre de trépas :
Quand par malice on ne meurt pas, adieu, &c.

D ij

Les Médecins par leurs recettes
Nous font vivre tous à gogo :
S'ils sçavoient guérir le bobo,
Que nous ferions de fâcheuses diettes !

Mais par bonheur pour notre pance
Nous leur devons nos mardis gras :
Afin de n'être point ingrats,
Chantons une Hymne à leur ignorance.

DANSE pour le Fossoyeur & sa femme.

DANSE DU SUISSE.

Le fils du Fossoyeur à la fille du Carillonneur.

JE suis roti jusques dans la cervelle,
Je suis roti jusques dans les boyaux :
Si vous vouliez rotir aussi, ma Belle
Nous rotirions comme deux aloyaux.

Rotissons donc des pieds à la caboche ;
Car il n'est point de plus grande douceur
Que rotir deux en une même broche,
Quand Cupidon en est le rôtisseur.

VAUDEVILLE, *sur l'air*, Si le Roi, &c.

Pleurons du Prince , aujourd'hui
La déconfiture :
Il est dans le sombre étui ,
Quelle peine ! quel ennui !
La triste aventure , O gay !
La triste aventure.

C'étoit un vrai réjoüi ,
De belle encolure :
Il est , sans avoir joüi ,
Pour jamais évanoui. La triste , &c.

Sa belle en a dans le cœur
Mortelle blessure :
Rien n'égale sa douleur ,
Elle en est dans la fureur. La triste, &c.

LE CARILLONNEUR, *sur l'air*, des trois cousines.

Laissons les pleurs de côté ,
Je vous en conjure :
Son vin n'est pas frelaté ,
Allons boire à sa santé.
La bonne aventure, O gay ! la bonne &c.

Le Suisse.

Moi fouloir foir & matin
Dedans mon freffure ,
Faire entrer de fti bon vin
Pour poire à mon pty Catin,
Li bonne aventure , &c.

Le Suisse & fa femme,

Faut trinquer caillardement
Sur fon fépulture
Du vin beaucoup grandement ;
Et chanter enfemblement
Sti bonne aventure , &c.

La fille du Carillonneur , au parterre,

Dans nos jeux reconnoiffez
La pure nature :
Tous nos vœux font exaucez,
Si vous nous applaudiffez.
La bonne aventure , &c.

Contre-Danfe,

www.ingramcontent.com/pod-product-compliance
Ingram Content Group UK Ltd.
Pitfield, Milton Keynes, MK11 3LW, UK
UKHW021002220726
13924UKWH00002B/847